HF385314

# L'AMOUR ET LA BOUTEILLE

## OU LE VÉRITABLE

## CHANSONNIER DES CAMPAGNES

### RECUEIL

DE COUPLETS BADINS, GRIVOIS, BACHIQUES;

De Pastorales, Romances, Amourettes, Chants Patriotiques.

PARIS,

Librairie populaire des villes et des campagnes,

RUE DU PAON-SAINT-ANDRÉ-DES-ARTS, 8.

1849.

Poissy. — Imp. G. Olivier.

# LA TRIPLE GLOIRE DES FRANÇAIS.

AIR *des Girondins.*

S'agit-il de bien boire,
D'aimer l'amour, la gloire,
Sur les autres-pays la France a la victoire.

Les cœurs pervers, ne m'en souvienne,
N'ont jamais eu ces trois penchants;
C'est, je crois, la preuve certaine
Qu'en France il n'est point de méchants.
S'agit-il de bien boire, etc.

Pour le vin nous quittons les belles.
Nous quittons le vin pour l'amour,
Comme aussi pour eux infidèles
Nous partons au bruit du tambour.
S'agit-il de bien boire, etc.

Un étranger sous une treille,
Sans injure, nous fait pitié;
Car nous vidons une bouteille
Quand il n'en boit qu'une moitié!
S'agit-il de bien boire, etc.

Ouvrons le chapitre des belles;
Quand le Français aurait fêté
Deux ou trois naïves pucelles,
L'autre à peine aurait commencé.
S'agit-il de bien boire, etc.

Où sont ceux qu'on nous assimile
Pour les héroïques exploits?
Lorsque l'Arabe par douze mille

A fui devant nos cent-vingt trois.
S'agit-il de bien boire, etc.

Laissons les peuples sur la terre
Courtiser Mars, Vénus, Bacchus;
Mais qu'ils nous déclarent la guerre!
Et bientôt ils seraient vaincus.
S'agit-il de bien boire,
D'aimer l'amour, la gloire,
Sur les autres pays la France a la victoire.

## UNE CONSULTATION.

Air : *De la Pipe de Tabac.*

Au plus vite, ma bonne mère,
Daignez dissiper ma frayeur ;
Sans manger plus qu'à l'ordinaire
Je deviens grosse à faire peur.
Voyez comme je suis tendue :
Ce malaise d'où provient-il ?
Mon ventre, si ça continue
Sera bientôt comme un baril.

Quoi ! se peut-il, Mademoiselle,
Que vous soyez simple à ce point ?
Je vous croirais encor pucelle
Si vous aviez moins d'embonpoint.
J'admire à douze ans une fille
Qui croit qu'un enfant sort d'un chou ;
Mais vous, de l'humaine coquille
Pouvez-vous ignorer le trou ?

Ce que souvent vous fait Gros-Pierre,
Et qu'il vous fera mille fois,

Nigaude, est la cause première
De l'enflure que je vous vois.
Vous ne serez pas toujours ronde,
Que votre esprit soit rassuré ;
Chez vous comme chez tout le monde
On sort par où l'on est entré.

En paix rentrez chez vous, ma chère,
Et loin de songer au tombeau,
Occupez-vous en bonne mère,
Et de layette et de berceau ;
Et si même guêpe vous pique,
Et vous enfle encore une fois,
Sans redouter d'être hydropique,
Dites : J'en ai pour mes neuf mois.

## L'AMOUREUX BUVEUR.

Air : *Dansons la Carmagnole.*

Verse à ton petit homme,
Encore un coup, ma Jeanneton,
  Ce soir, tu verras comme
    Ira son mirliton.

Un vin de bonne qualité
Toujours entretient ma gaîté,
Il corrobore ma santé,
Il double ma virilité.
  Aujourd'hui je me sens
  Vert tout comme au printemps.
Verse à ton petit homme, etc.

Depuis que je suis ton époux,
Ma femme, soit dit entre nous,

Jamais je n'eus des feux plus doux,
De toi je ne fus plus jaloux,
   D'où vient cette vertu ?
   Eh ! c'est d'avoir bien bu.
Verse à ton petit homme, etc.

Oui, sans mentir, je veux ce soir,
Aller plus loin que ton espoir;
Je saurai mettre en ton pouvoir
Ma liqueur et mon entonnoir.
   Ma femme, tu boiras
   Autant que tu voudras.
Verse à ton petit homme, etc.

Oh ! verse encore, verse plein,
Verse de ce généreux vin ;
N'épargne pas ce jus divin,
Dont la vertu me met entrain.
   Quel effet sur mon cœur
   Produit cette liqueur !
Verse à ton petit homme, etc.

C'est le dernier coup que je bois,
Allons, verse encore une fois,
Et puis, aussi brave que trois,
Je vais commencer mes exploits.
   Pour doubler ma valeur,
   Augmenter mon ardeur,
   Verse à ton petit homme
Encore un coup, ma Jeanneton ;
   Ce soir, tu verras comme
   Ira mon mirliton.

—

## CONSEIL D'UN AMANT.

Air : *C'est un lon là.*

Depuis un an je m'applique
A t'entourer de respect.
Cependant on nous critique
Et notre amour est suspect.
Dans un lit tous deux, ma chère,
On prétend nous avoir vus.
Puisque nous passons pour le *faire*
Eh, morbleu ! ne nous gênons plus,

On dit qu'Amour à l'oreille
T'a révélé ses secrets,
Que tu connais à merveille
Comment les hommes sont faits ;
Et pourtant tu ne sais guère
S'ils sont carrés ou pointus.
Puisque nous passons pour le *faire*
Eh, morbleu ! ne nous gênons plus.

Lorsqu'en passant dans la rue
Chacun de l'œil nous poursuit,
Du mal qu'on nous attribue
Ayons au moins le profit ;
Car, attendre le notaire,
Tu le vois, est un abus,
Puisque nous passons pour le *faire*.
Eh, morbleu ! ne nous gênons plus.

En restant modeste et sage
Qu'as-tu gagné, dis-le-moi ?
T'estime-t-on davantage ?

On t'en méprise, ma foi.
Va ; le titre de rosière
Exige trop de vertus.
Puisque nous passons pour le *faire*,
Eh ! morbleu ! ne nous gênons plus.

## UN EFFORT DE VIEILLARD.

AIR : *Allez-vous-en, gens de la noce.*

Aujourd'hui, qui donc vous tourmente ?
Y pensez-vous d'agir ainsi ?
C'est donc le diable qui vous tente,
Arrêtez-vous, mon cher mari.
Dans votre cœur froid comme glace
Quel feu se rallume soudain !
  Mais c'est en vain,
  Je le sens bien.
Cessez, Monsieur, cessez, de grace !
Vous n'auriez pas fini demain.

J'ai connu votre savoir faire,
Vous fûtes brave, je le sais,
Jadis en tous lieux, la première
Avec orgueil je le disais.
Mais le plus beau coursier se lasse,
Et malgré son brillant entrain,
  Atteint la fin
  De son destin.
Cessez, Monsieur, cessez, de grâce !
Vous n'auriez pas fini demain.

Oui, jadis, ferme, droit, alerte,
Cinq, six fois vous recommenciez ;

Depuis une heure, en pure perte,
Aujourd'hui, vous vous trémoussez ;
Et pour pénétrer dans la place,
Tout poussif au quart du chemin,
    Votre art est vain ;
    C'est bien certain.
Cessez, Monsieur, cessez, de grâce !
Vous n'auriez pas fini demain.

Mais quoi ! vous persistez encore ;
Voulez-vous mourir au combat ?
Votre dernier feu s'évapore,
Mon Dieu ! comme votre cœur bat.
Arrêtez ! que je vous embrasse,
Puis, pour dormir, prenez mon sein
    Pour traversin ;
    C'est bien plus sain.
Ah ! cessez donc, Monsieur, de grâce !
Vous n'auriez pas fini, demain.

## LE DÉPART DU CONSCRIT.

Air : *Non jamais, jamais, jamais,*
*Je ne quitterai ma chaumière.*

Pars, Roger, embrassons-nous,
    Espérance !
    Confiance !
Va servir ta noble France
    Et bientôt reviens-nous.

Quand la gloire de la patrie
De ton sang réclame l'impôt,
C'est le plus beau jour de ta vie,

Roger, paie-lui ton écot.
   Les lâches, les esclaves
   Marchent timidement,
   Toi dans les rangs des braves
   Enrôle-toi gaîment.
Pars, Roger, embrassons-nous, etc.

Ta mère se désole et pleure !
Roger, ne va pas t'attendrir ;
Calme et froid quitte ta demeure,
Au pays il faut obéir.
   Arme-toi de constance
   En ce pénible jour,
   Et songe que la France
   Est ton plus digne amour.
Pars, Roger, embrassons-nous, etc.

Quand tu seras à la frontière,
Au pays que tu sus nourrir,
Prouve qu'un vaillant militaire
Quand il le faut sait le servir.
   Si ton bras est novice,
   Pour être bon troupier
   Quelques jours de service
   Apprendront le métier.
Pars, Roger, embrassons-nous etc.

Tu nous reviendras, je l'espère,
Revêtu de la croix d'honneur,
Alors, une amante, une mère,
Pourront te presser sur leur cœur.
   Et tes amis fidèles,
   Qui te gardent leur foi,
   Sauront trouver des ailes,

Pour s'élancer vers toi.
Pars, Roger, embrassons-nous ;
Espérance !
Confiance !
Va servir ta noble France
Et bientôt reviens-nous.

## LES PLAINTES D'UNE JEUNE MARIÉE.

AIR : *Ah ! le bel oiseau, maman*.

J'en mourrai de désespoir
De voir comme
Est fait mon homme ;
J'en mourrai de désespoir.
Autant ne pas en avoir.

Maman, soit dit entre nous,
Ta fille en perdra la tête ;
Quand j'ai cru prendre un époux
Je n'ai pris qu'une lavette.
J'en mourrai de désespoir, etc.

Chaque jour, dès l'aube il part
Pour aller chasser des merles,
Le soir il rentre fort tard
C'est pour enfiler des perles.
J'en mourrai de désespoir, etc.

D'abord, en voyant cela,
Je disais : « Prenons courage,
« Le temps le dégourdira ; »
Il l'engourdit davantage.
J'en mourrai de désespoir, etc.

Quand j'ai cru prendre un garçon
Qui près de femme frétille
Ce n'est qu'un colimaçon
Renfoncé dans sa coquille.
    J'en mourrai de désespoir, etc.

Pour le mettre en appétit
J'ai fait tout ce qu'il faut faire ;
Ce qui, sous la main grandit,
Fait chez lui tout le contraire.
    J'en mourrai de désespoir, etc.

Mes voisines, j'en rougis,
Sont rondes comme une boule ;
Je suis plate et je maigris,
Rien encor n'est dans le moule.
    J'en mourrai de désespoir, etc.

Bonne mère, est-il permis ?
Vois à quel point je suis sage !
Dans la place où tu l'as mis
Est encor mon pucelage...
    J'en mourrai de désespoir, etc.

Mais, mon voisin me sourit,
Lui qui connaît mon déboire
Eh ! bien, qu'il ait le profit
Quand un autre en a la gloire.
    J'en mourrai de désespoir,
      De voir comme
      Est fait mon homme ;
    J'en mourrai de désespoir ;
    Autant ne pas en avoir.

## LE MÉNÉTRIER DU VILLAGE.

Air : *Fanchonnette est, n'en doutez pas.*

Vite ! en place ! il faut commencer,
En avant ! la musique est prête ;
Dieu ne défend pas de danser,
Surtout un jour de fête. (*bis.*)
    Le vieux père Morin
    Va tous vous mettre en train ;
    Vous allez dire :
    Comme il fait rire !
    Quel mouvement
    Donne son instrument !
Vite ! etc.

    J'ai fait dans leur printemps
    Danser vos grands mamans :
    Chacune d'elles
    Avait des ailes,
    Et se pâmait
    Au son de son archet.
Vite ! etc.

    A leur exemple, allons ;
    Regardez vos garçons,
    Jeune fillette,
    Levez la tête,
    Balancez mieux,
    Ne baissez pas les yeux,
Vite ! etc.

    Sans craindre de faux pas
    Commencez vos ébats,

Si trop novice
Votre pied glisse,
L'amour est là
Qui vous relèvera.
Vite ! etc.

Vous tous jeunes amants,
Profitez des moments :
Dans la vieillesse
Plus de souplesse !
On est perclus
Et l'on ne danse plus !
Vite ! etc.

Mais ça va beaucoup mieux,
Tout le monde est joyeux.
Sur l'herbe douce
On se trémousse,
Et la pudeur
Jette au diable la peur.
Vite ! en place ! il faut commencer,
En avant ! ma musique est prête.
Dieu ne défend pas de danser
Surtout un jour de fête.

## LA FÊTE DU HAMEAU.

Air : *C'est l'amour, l'amour, l'amour.*

C'est la fête du hameau,
La prairie
Est toute fleurie,
Que tout s'anime au hameau
Fêtons un jour si beau.

Le plaisir n'excepte personne,
Et sur nos fronts jeunes ou vieux,
Il vient placer une couronne,
Egayons-nous à qui mieux mieux.
Pour que la gaîté brille
Dans ces heureux instants,
Donnez, chefs de famille,
L'exemple à vos enfants.
   C'est, etc.

Donnons un jour à la folie,
Le ciel n'en sera pas jaloux,
Pour d'autres si douce est la vie
Lorsqu'elle est si dure pour nous.
Demain, hélas ! peut-être
L'orage en nos vallons
Va faire disparaître
Les fleurs que nous foulons.
   C'est, etc.

Lorsqu'au sein de notre patrie
Règnent la misère et l'effroi,
Libres ici dans la prairie,
Nous avons le plaisir pour roi.
Amusons nous en frères
Dans ce paisible lieu,
Et de nos jours prospères
Rendons grâces à Dieu.
   C'est, etc.

Chantons, dansons ; de cette fête
Varions les brillants tableaux,
Puis demain, l'âme satisfaite,

Chacun reprendra ses travaux.
Enfants de la nature,
Dans nos bruyants transports,
Notre probité pure
Ne craint pas les remords.
C'est la fête du hameau,
La prairie
Est toute fleurie,
Que tout s'anime au hameau,
Fêtons un jour si beau.

## LE CHANT DES VENDANGEURS.

AIR : *Dansez vite, obéissez donc,*
*Au ménétrier de Meudon.*

Quand nos cuves sont pleines
D'un nectar généreux,
Le tableau de nos peines
Se dérobe à nos yeux.
Arrive la disette,
Gaîment nous attendrons,
Près de bonne piquette
De meilleures moissons.
Vendangeurs, tous le verre en main,
Célébrons le dieu du raisin.

De la grappe divine
Remercions les cieux ;
Sa couleur purpurine
Captivait nos ayeux;
Le jus qui s'en échappe
Rend les mortels heureux.

Gloire ! gloire ! à la grappe
A son jus précieux.
Vendangeurs, tous le verre en main, etc.

Méprisons la satire
Dont les sottes fureurs
Exhalent leur délire
Sur d'innocents buveurs.
Le bon Dieu nous pardonne
D'aimer ce qu'il a fait,
L'excellent fruit d'automne
Est son plus doux bienfait.
Vendangeurs, tous le verre en main, etc.

Messieurs , lorsqu'à la ville
Tout vous vient, vous sourit,
Laissez, du moins, tranquille
Le villageois maudit.
Faites-lui banqueroute,
Imposez lui son vin ;
Mais souffrez qu'il y goûte
Lui qui fait votre pain.
Vendangeurs, tous le verre en main,
Célébrons le dieu du raisin.

## LE VIEILLARD AU CABARET.

Air : *Ah ! comme on entrait*
*Boire à son cabaret !*

Près d'un siècle, hélas !
Me sépare de ma naissance ;
Mais loin d'être las ,
Ma vigueur, je crois, recommence ;

Auprès d'enfants joyeux,
Je crois être moins vieux.
Du nectar qui me corrobore
Versez donc, et versez encore,
Versez, versez plein,
Je puis mourir demain.

Quand de mes cheveux
Vous ne dédaignez pas la neige,
Les pleurs dans les yeux
Auprès de vous je prends un siége.
Le Ciel vous bénira
De cette bonté-là ;
Le vin qu'en reçoit la vieillesse
Toujours profite à la jeunesse !
Versez, versez plein, etc.

Puissiez-vous, enfants,
Ne pas voir ainsi que vos pères,
Luire dans vos champs
Les baïonnettes étrangères :
Que le Dieu des moissons
Protége vos sillons,
Et mûrisse vos bleds superbes
Que je ne verrai plus en gerbes.
Versez, versez plein, etc.

« Vous vivrez encor »
Me dit votre pieux sourire,
Merci ! mais la mort
Vers elle à chaque pas m'attire.
Mes membres sont brisés,
Leurs ressorts sont usés ;

Car je suis, soit dit sans surprise ,
Presqu'aussi vieux que notre église !
   Versez, versez plein, etc.

   C'est le dernier coup ;
Car j'ai plus d'orgueil que de force,
   Sève, hélas ! qui bout
Vainement sous ma froide écorce ;
   Mais, si c'est le dernier,
   Je veux, comme au premier,
Boire pour que vos jours sur terre
Atteignent ceux du centenaire.
   Versez, versez plein,
   Je puis mourir demain.

## LA ROMANCE DU BERGER.

Air : *Je vais revoir ma Normandie.*

Hier encor (comme tout change!)
L'espoir habitait dans mon cœur,
Et mes yeux dans les yeux d'un ange
A longs traits puisaient le bonheur.
Mais, elle a fui de la prairie,
Et je n'entends plus ses chansons.
A qui me rendra mon amie
Je donnerai mes plus jolis moutons.

Cette ange a le nom de Julie :
Dites-moi, de grâce, en quels lieux,
Ce joli tyran de ma vie
Porte ses pas capricieux.
Vainement ma voix attendrie

L'appelle dans tous nos vallons !
A qui me rendra mon amie, etc.

Est-ce froideur ? est-ce inconstance ?
Ou bien, jalouse comme moi,
Croit-elle que l'indifférence
M'a rangé sous une autre loi ?
Eh ! quoi, ma triste rêverie,
N'a donc pu bannir ses soupçons ?
A qui me rendra mon amie, etc.

Reviens à moi, douce espérance :
Reviens ou bien je vais mourir ;
Connais-tu les maux de l'absence ?
Sais-tu combien ils font souffrir ?
Quoi ! tu me quitterais Julie,
Quand tu m'as comblé de tes dons ?
Pour te revoir, ô mon amie ;
Je donnerais mes plus jolis moutons.

## LE BAL CHAMPÊTRE.

Air : *De la treille de sincérité.*

A la danse !...
Le bal commence :
Du plaisir suivez les leçons :
Venez, fillettes et garçons. (*bis.*)

Lorsqu'à vous plaire tout s'apprête,
Enfants, profitez d'un beau jour,
Et conviez à cette fête
Les plaisirs et le dieu d'amour :
Surtout ne craignez pas le blâme,

Ne ménagez pas votre ardeur,
Que votre feu jette sa flamme ;
Votre âge est celui du bonheur.
    A la danse ! etc.

Que crains-tu donc, jeune Thérèse,
Pour te dérober au grand jour ?
Folâtre et sautille à ton aise
Malgré ton joli jupon court.
Crois-moi, de ce qui t'inquiète
Ton cœur devrait être coquet,
Avec une jambe bien faite
On gagne à montrer son mollet.
    A la danse ! etc.

Garçons, à la première pause,
Montrez-vous galants, s'il vous plaît,
Et chacun, d'une fraîche rose,
Ornez un aimable corset.
Vos belles dont le cœur pétille
Applaudissent à ce dessein,
Ces roses seront en famille
En se rapprochant de leur sein.
    A la danse ! etc.

Après cela, quoi qu'il en coûte,
Faites danser vos grand'mamans,
Hélas ! aux trois quarts de leur route,
Donnez-leur quelques bons moments.
Honorez leurs anciens services
Par ce procédé sans égal ;
Enfants, sans ces bonnes nourrices,
Aujourd'hui seriez-vous au bal ?

À la danse !.,.
Le bal commence :
Du plaisir suivez les leçons,
Venez, fillettes et garçons.

## LE ROI DES IVROGNES.

AIR : *Aussitôt que la lumière.*

Francs buveurs, noble milice,
Je vous provoque en ces lieux ;
Verre en main, entrons en lice,
Voyons qui boira le mieux.
A mon vainqueur tout d'avance,
Je garantis sur ma foi,
Ma cave pour récompense,
Tant je suis certain de moi.

C'est un honneur que bien boire,
Car, j'ai lu je ne sais où,
Qu'Alexandre mit sa gloire
A boire aussi comme un trou.
Mais moi, qui bois mieux qu'un moine,
Je soutiens qu'au cabaret,
Ce grand roi de Macédoine
N'eût été que mon cadet.

Je suis bon époux, bon père,
Aimer mieux je le défends :
Je chéris ma ménagère
Et j'adore mes enfants.
Auprès d'eux l'amour m'enchaîne,
Mais qu'on me propose un choix,
Entre eux et cave bien pleine,
Adieu ! femmes, enfants ; je bois.

Jadis, de l'Egypte austère
L'esprit superstitieux,
Dans sa ferveur potagère
Mit l'ail au rang de ses dieux.
Il se peut que l'ail fut digne
De l'encens egyptien,
Soit; moi j'encense la vigne,
Mon nez s'en trouve aussi bien..

L'enfant, c'est chose notoire,
Boit aussitôt qu'il est né;
Ce qui nous prouve qu'à boire
Par Dieu l'homme est condamné.
Docile à sa loi suprême,
Je buvais dès le berceau,
Je bois aujourd'hui de même,
Et boirai jusqu'au tombeau.

## L'AMOUR AU BOIS.

Air : *Il pleut, il pleut bergère.*

Dans un bois tout est sombre,
Tout sourit aux amours,
La solitude et l'ombre
Les protègent toujours.
Rose, dans la prairie
Tu m'as dit mille fois :
« Je serai ton amie ; »
Viens me le dire au bois.

Un amoureux ombrage
Cachera ta rougeur;
Le plus épais feuillage

Calmera ta pudeur.
Le chant de la fauvette
Couvrira tes soupirs,
Complice d'amourette
Elle a tous nos desirs.

Que peux-tu craindre encore ?
Regarde, il fait grand jour ;
Vois le soleil qui dore
Nos coteaux d'alentour.
La cloche du village
N'a pas dit à l'écho
Que toute fille sage
Doit rentrer au hameau.

Redoutes-tu, gentille,
Tes moutons indiscrets ?
Les miens, ô pauvre fille,
Ne m'ont trahi jamais.
Mais pourtant pour te plaire,
Si tu veux, à ma voix,
Ils resteront, ma chère,
A la porte du bois.


## VIVE LA BOUTEILLE.

Air : *Du curé de Pomponne.*

Qu'un autre, sur un ton guerrier,
Chante l'honneur, la gloire,
Si je fatigue mon gosier
Ce n'est jamais qu'à boire.
Vante la guerre qui voudra,

Moi j'adore la treille ;
Puis me blâmera qui voudra,
Et vive la bouteille !

Qu'un artiste sur mille tons,
Fasse de la musique,
Je donnerais cent violons
Pour un tintin bachique.
Les plus beaux airs de l'Opéra
Me fatiguent l'oreille,
Un glougou vaut mieux que tout ça,
    Et vive la bouteille !

La table a pour moi des attraits,
Gaîment j'y sacrifie ;
Mais pourvu qu'on y boive frais
Et sans économie.
Fi ! du plus copieux gala
Sans la liqueur vermeille ;
Boire sec, parlez-moi de ça,
    Et vive la bouteille !

Mon cellier n'est pas toujours plein
Du nectar à la mode ;
Qu'importe ? c'est toujours du vin
Et je m'en accommode.
J'en bois souvent, par-ci, par-là,
D'aussi sûr que l'oseille ;
Mais, il tape l'œil malgré ça,
    Et vive la bouteille !

Suis—je menacé du cercueil ?
Deux doigts de ma tisane

Me guérissent en un clin d'œil
Lorsque l'art me condamne.
Sur la fièvre qui m'attrapa,
Hier elle fit merveille ;
Elle guérit du choléra!
Et vive la bouteille.

## LES PERLES DE MON VERRE.

Air *des Visitandines.*

Loin des cités, de la grandeur,
Si je suis né dans un village,
Je sais y trouver le bonheur
Et n'exige rien davantage.
Je me crois le plus fortuné
De tous les Crésus de la terre,
Quand je puis approcher mon nez
Des perles qui sont dans mon verre.

Riche de quelques vrais amis
Et vivant d'un travail honnête,
Toujours joyeux je chante et ris
Dans ma tranquille maisonnette ;
Et comme à force de chanter
Mon gosier se sèche et s'altère,
Souvent je cherche à l'humecter
Des perles qui sont dans mon verre

Je suis bien pauvre, j'en conviens,
Je n'ai chez moi ni sou ni maille;
Mais, je possède tous les biens
Quand la piquette me travaille ;
Et comme en cet état charmant

Je n'aperçois plus ma misère,
Je renouvelle fréquemment,
Les perles qui sont dans mon verre.

Je ne demande rien à Dieu,
Pourvu que sa faveur insigne,
Préserve ma maison du feu,
De la grêle sauve ma vigne.
Heureux ! si jusqu'à mon déclin
Gardant l'humble toit de mon père,
Je puis, le soir et le matin,
De perles couronner mon verre.

## MON VERRE ET JEANNETON

Air : *Il peut, il pleut enfin.*

Comme je n'entends rien
Au mot de politique,
Je laisse la boutique
Gouverner mal ou bien,
Chacun sur cette terre
S'amuse à sa façon;
A tout moi je préfère
Mon verre et Jeanneton.

Ces deux objets chéris
Se partagent mon âme;
La bouteille et la femme,
Voilà mes seuls amis.
La nuit, l'amour m'agace,
Le jour, c'est le flacon,
Et j'ai toujours en face
Mon verre ou Jeanneton.

On prétend, faut-il croire
Ce langage de sot,
Qu'on s'épuise à trop boire,
Qu'on s'use en aimant trop.
Bien loin que je recule,
Effrayé du dicton,
Moi j'attaque en Hercule
Mon verre et Jeanneton.

Le vin double les forces
Dont a besoin l'amour,
L'amour par ses amorces
Nous altère à son tour.
Bien loin d'être farouche
A ce double aiguillon,
J'ai toujours sur ma bouche
Mon verre ou Jeanneton.

Quand Jeanneton me presse
Je tombe en pamoison,
Le vin que je caresse
Transporte ma raison.
Au ciel, pays des anges,
Partez tous en ballon;
Je garde mes vendanges
Mon verre et Jeanneton.

## CONSEILS D'UNE GRAND'MÈRE.

Air : *Ermite, bon Ermite.*

Lise, pour rester sage,
Fuis loin des rendez-vous;

Les garçons du village
Sont à ton âge,
Plus à fuir que les loups.

Hélas ! plus d'une folle,
Pour avoir ri de moi,
Aujourd'hui se désole ;
Il est bien tems, ma foi.
Tu devines le reste ;
Aussi, quant aux amants,
Fuis, fuis comme la peste
Ces mauvais garnements.
Lise, etc...

Avec douce parole
Ils offrent une fleur,
Et la nôtre s'envole
Avec la paix du cœur.
Puis, à moins d'un miracle,
On compte sur ses doigts
Quand viendra la débâcle
Qui couve neuf grands mois.
Lise, etc...

De ta bonne grand'mère
Ecoute les leçons,
Surtout, toujours, ma chère,
Evite les garçons.
Je dois d'autant plus, Lise,
A les fuir t'engager,
Qu'au piége autrefois prise,
J'en connais le danger.
Lise, etc...

Cela ne veut point dire
Que par trop de rigueur
A l'amoureux empire
Tu dois ravir ton cœur.
Mais, pour parer la brèche
Que je crains tant pour toi,
Fais toujours que la mèche
S'allume devant moi.
Lise, pour rester sage,
Fuis loin des rendez-vous ;
Les garçons du village
Sont, à ton âge,
Plus à fuir que les loups.

## SI J'ÉTAIS PETITE SOURIS.

AIR : *A genoux devant le Soleil.*

J'ai quinze ans, je suis jeune fille,
Mon cœur commence à raisonner ;
Ma pensée en sursaut pétille,
S'épuise et cherche à deviner.
Mais je me perds sur bien des causes
Dont mes yeux ne sont pas saisis
Je connaîtrais le fonds des choses
Si j'étais petite souris.

On m'a dit qu'en venant au monde
D'une citrouille je sortis ;
Mais ce rapport, plus je le sonde,
Blesse et révolte mes esprits.
Quand ma mère redevient mère,
Mes doutes seraient éclaircis

Sur ma naissance potagère,
Si j'étais petite souris.

L'homme est-il fait comme la femme ?
Ou bien différons-nous de lui ?
Dieu ! que je voudrais sur mon âme
Au sûr le savoir aujourd'hui.
Une culotte me torture,
Que cache-t-elle sous ses plis ;
J'approfondirais la nature
Si j'étais petite souris.

Chaque soir, lorsque je sommeille
Près de l'alcôve de papa,
Même musique me réveille,
Ce sont des soupirs, des hola.
Est-ce la paix ou la discorde ?
Je connaîtrais, toutes les nuits,
L'archet qui fait vibrer la corde
Si j'étais petite souris.

Souvent ma sœur au presbytère
Vole réchauffer sa ferveur ;
Toujours sans doute en digne père
Le bon curé parle à son cœur.
Mais au retour elle me semble
Si défaite que, sans mépris,
J'irais les voir prier ensemble
Si j'étais petite souris.

Chez nous certaine enflure abonde
Qui, peut-être, un jour m'atteindra ;
Ma voisine en est toute ronde

Et n'en est pas triste pour ça.
Près du siége où pour la détruire
Le docteur met ses doigts amis,
Je me placerais pour m'instruire
Si j'étais petite souris.


## LA CONFESSION D'UN BUVEUR.

AIR : *Combien je regrette mon bras si dodu.*

Chacun son caprice,
C'est juste je crois ;
Pour moi, mon délice
C'est lorsque je bois.


Mon Curé, pour cette faiblesse,
Soyez plus clément, s'il vous plait :
Je vous laisse boire à la messe,
Laissez-moi boire au cabaret.
Chacun son caprice, etc.


Jeunes gens, que la danse appelle,
Je voudrais bien vous suivre, mais,
Quelqu'un m'attend sous la tonnelle,
Daignez accepter mes regrets.
Chacun son caprice, etc.


J'aurais voulu prendre une femme,
Mais en échange de sa main,
Elle m'eût demandé mon âme
Hypothéquée au dieu du vin,
Chacun son caprice, etc.

La pharmacie a fait merveille,
Mais je lui donne un merle blanc,
Si, comme le fait la bouteille,
Elle soutient un corps tremblant.
Chacun son caprice, etc.

Quand donc, Vandales que nous sommes,
A l'honneur rendrons-nous ses droits?
Sur le chapitre des grands hommes
Je n'ai pas vu Noë, je crois.
  Chacun son caprice, etc.

Diogène, flambeau lucide,
De toi l'humanité se plaint;
Ta clarté dans un tonneau vide
L'éclaira moins que sur un plein.
  Chacun son caprice, etc.

Qu'un second déluge sur terre
Vienne inonder les buveurs d'eau.
Moi qui n'en bûs jamais un verre,
Je pourrai braver le fléau.
  Chacun son caprice, etc.

Votez-vous pour la République?
Me dira-t-on, ça m'est égal.
Boire, voila ma politique,
Et puis gouvernez bien ou mal.
  Chacun son caprice,
    C'est juste, je crois,
  Pour moi, mon délice,
    C'est lorsque je bois.

# LES DERNIERS BEAUX JOURS D'AUTOMNE.

Air : *C'est aujourd'hui la fête du village.*

Quand le plaisir vous tresse une couronne,
Qu'à la gaîté votre cœur s'abandonne ;
Heureux enfants, voici l'heure qui sonne,
N'oubliez pas ce dernier rendez-vous :
　　L'amour attend, dépêchez-vous !
Venez fêter les derniers jours d'automne.

　　Bientôt le sombre hiver,
　　Attristant la nature,
　　Ternira la parure
　　De notre gazon vert.
　　Dans nos prés éperdus,
　　L'onde qui s'entrelace,
　　Captive sous la glace,
　　Ne gazouillera plus.

　　Quand jaunit à vos yeux
　　La tremblante feuillée,
　　Craignez de la veillée
　　Le rouet ennuyeux.
　　Aujourd'hui, sous vos pieds,
　　Foulez roses gentilles,
　　Car demain, pauvres filles,
　　Demain, vous filerez.

　　Dansez, dansez enfants,
　　Il en est tems encore ;
　　Le tems, qui nous dévore,
　　Fuit comme le printems.

Livrez-vous à l'amour :
Au jardin de la vie
La fleur la plus jolie
Ne dure, hélas ! qu'un jour.

Comme ici j'aperçois
Plus d'un futur ménage,
Que chacun donne un gage
A l'objet de son choix.
D'avance engagez-vous,
Garçon, nommez vos belles,
Vous, tendres jouvencelles,
Choisissez vos époux!
Quand le plaisir vous tresse une couronne,
Qu'à la gaîte votre cœur s'abandonne,
Heureux enfants ! voici l'heure qui sonne,
N'oubliez pas ce dernier rendez-vous.
L'amour attend, dépêchez-vous,
Venez fêter les derniers jours d'automne.


## L'AMOUR ET LA BOUTEILLE.

Air. *Elle aime à rire, elle aime à boire.*

Qu'ici chacun en bon apôtre
De Bacchus et de Cupidon,
Près d'une femme et d'un flacon
Emplisse l'un et vide l'autre.
Chantons et répétons en chœur,
En nous grisant sous cette treille :
« Vive! l'amour et la bouteille ;
« Voilà les deux amis du cœur. »

Lorsque nous sommes soucieux
Le vin nous fait aimer la vie ;
La femme sait nous rendre heureux
Lorsque notre bourse est tarie.
Chez l'un, chez l'autre est le bonheur,
Avec les deux on fait merveille.
« Vive ! l'amour et la bouteille ;
« Voilà les deux amis du cœur. »

Sans l'un et l'autre on se morfond
Sur terre où le chagrin abonde ;
Je suis content quand je suis rond ;
Souvent ma femme en devient ronde.
Alors mon argument vainqueur
Lui parle plus bas qu'à l'oreille.
« Vive ! l'amour et la bouteille ;
« Voilà les deux amis du cœur. »

Quand je sens un peu le tonneau
Aux jeux d'amour mon âme est prête,
Et c'est alors que dans l'anneau
J'enfile très-bien la baguette.
Voit-on ma femme en bonne humeur ?
On dit : « Il était gris la veille...
« Vive ! l'amour et la bouteille ;
« Voilà les deux amis du cœur. »

FIN.

www.ingramcontent.com/pod-product-compliance
Ingram Content Group UK Ltd.
Pitfield, Milton Keynes, MK11 3LW, UK
UKHW021152140726
13695UKWH00005B/2087